« Être

insp…

aspiré·e.

Telle est

la question! »

BAPTISTE PIZZINAT

Womanizer

L'ICONOPOP

À toi qui rends ce monde meilleur, où et qui que tu sois.

Pour M., bien sûr, mon éclaireuse.

« Le plaisir féminin, lorsqu'il se traduit par l'acte masturbatoire, est souvent caché, caché de nos langues et de nos écrans. La jouissance féminine est reléguée à la sphère du privé, elle doit être contenue. »

Iris Brey, *Sex and the Series*

« Lits superposés. Tu rêves d'une chambre rien qu'à toi. Ta sœur te demande qu'est-ce que tu fabriques là-haut. Pourquoi ton lit grince comme ça ? Tu retires ta main de ta culotte. Tu as honte. Tu lances : "Rien ! Je fais du rock and roll" ! »

Lisette Lombé, *Venus Poetica*

C’est quelque chose comme une oreille

une sorte de version réduite du vaisseau des heptapodes

dans le film *Premier Contact* de Denis Villeneuve

une oreille pour dire

l'importance d'être collectivement

à l'écoute

ce n’est pas seulement sexuel

le plaisir

est une musique

et tous les instruments

sont bons à prendre.

C’est ce qu’il s’était dit

que c’était une oreille

la première fois qu’il m’a vue m’en servir

tenant mon petit vaisseau arrimé

juste au-dessus de mon clitoris

le ronronnement de la machine

moins ingrat que celui d’un chat

aspirant délicatement mon gland

presque sans le toucher

toute à mon plaisir

rien qu’à moi.

Les femmes ne sont pas plus des salopes
les femmes ne sont pas plus des putes
les femmes ne sont pas plus des chiennes
que ta propre mère
qui aimait bien qu'on la lèche
peut-être, elle aussi
qui aimait bien sucer
peut-être, elle aussi
qui aurait pu avoir envie
de se masturber plus souvent
ou de baiser d'autres femmes
qui sait

oui, qui sait
si elle n'avait pas
un gros gode planqué sous le matelas
parce que souvent les hommes
savent si peu
de la sexualité
de leur propre femme.

Combien de mecs se prennent encore
pour le centre du monde
incapables d'imaginer que leur partenaire
puisse avoir elle aussi
une sexualité autonome
puisse avoir envie
de s'acheter un sex toy
sans que cela crée
de scandale à la maison
sans que cela révèle
pour la énième fois
le degré de beaufitude
avec lequel tellement de mecs
font bouillir les casseroles démentes
du patriarcat.

Alors je me suis fait ce cadeau
m'a-t-elle dit un jour
comme une confidence

un Womanizer flambant neuf
version premium
qui a changé ma vie.

Je ne sais toujours pas pourquoi

Brigitte et Michael Lenke

les inventeurs du Womanizer

ont choisi ce nom

qui veut dire littéralement :

« coureur de jupons »

« homme à femmes »

ou « queutard »

peut-être à cause

de la chanson

de Britney Spears

peut-être pour dire

que les femmes

méritent mieux

qu'un totem

dans la culotte.

Je m'en sers presque tous les jours

me dit-elle en souriant

et moi avec elle

dans un ballet enthousiaste

d'apprentis sorciers

du plaisir féminin.

Parfois j'ai un peu honte
qu'il me regarde
sans rien faire
parfois il y a trop de lumière
parfois la batterie
vient à manquer

parfois
souvent
je jouis plusieurs fois de suite
et pars loin devant
pour nous deux en éclaireuse.

Il y a aussi quelque chose
comme un soulagement
de savoir qu'elle se masturbe
quand bon lui semble
le matin par exemple
pour se réveiller
ou bien le soir
pour s'endormir
ou l'après-midi pour se détendre
à l'occasion

il y a comme un soulagement
de savoir que chacun
peut parfois compter sans l'autre
pour jouir
peut parfois même
faire tout autre chose
dans la maison
ou dans le lit
tandis que l'autre
se masturbe allégrement

il y a comme un soulagement
à ce que la sexualité
fasse partie des meubles
et de la monnaie courante
du quotidien
comme faire la vaisselle
ou préparer le repas
mettre de l'essence
acheter des clopes
nourrir les chiens
ce genre de choses

il y a comme un soulagement
pour un homme
de se dire qu'un sex toy
puisse alléger le poids
de l'injonction freudienne
à jouer au mâle alpha

il y a comme un soulagement
au fond
à ce qu'un sex toy
puisse être aussi pratique
et naturel dans son usage
que tout autre objet
nous rendant la vie plus facile
et plus agréable
comme les chaussures et les lunettes
les vélos et les grille-pain
les flingues et les couteaux
quand tout cela tourne mal

une oreille attentive
pour tous les clitos.

Elle

c'est ma meuf
il n'y a rien à dire
elle est super
on parle de sexe librement
ce n'est pas du luxe
c'est même une chance inouïe
pour maintenir à distance
nos névroses de genre.

J'ai grandi dans une famille
où la plupart des hommes
étaient ou sont encore
des machos invétérés

où ma mère a souffert
d'avoir été une fille non désirée
où ma sœur avait moins
de passe-droits que moi
où mon grand-père m'a toujours dit
de tirer sur tout ce qui bouge

j'ai grandi dans une campagne
où les chasseurs se masturbaient
le week-end dans leur tonne à canard
leurs revues porno imbibées de sperme âcre
cachées dans le faux plafond avant de partir

j'ai grandi dans une ville
où l'on se traite encore
de sale pédé pour un oui ou pour un non
où croiser une personne
transgenre dans la rue
relève du pur miracle
entrer dans un sex shop
presque de la faute morale

j'ai grandi avec cette idée
largement transmise par l'école
que la sexualité
est un danger avant
d'être un plaisir

danger de la maladie
danger de la perversion
danger partout
toujours
tout le temps.

Ceci n'est pas une injonction
à jouir à tout prix
l'orgasme n'est pas une fin en soi
ni un objectif à atteindre
dans la logique du CAC 40

il n'y a pas, ne devrait pas y avoir
en matière de sexualité
d'impératif catégorique
autre que le droit de dire NON
à tout moment
de dire à Kant :

go fuck yourself buddy !

Prendre plaisir
c'est surtout ça
que je veux dire

mon Womanizer
toujours à portée de main

plaisir à moi
à mon propre corps

plaisir à mieux le connaître
peut-être
mieux l'apprivoiser
mieux le désirer

mieux me l'autoriser
aussi, surtout

mieux baiser la honte
d'en jouir librement.

Et cette question
légitime :

pourquoi se masturber
tel Nimrod devant l'Éternel
devrait-il être
un plaisir coupable ?

Coupable de quoi ?

Les sex toys ne datent pourtant pas d'hier
on dit que Cléopâtre
celle dont le nom, *by the way*, glorifie le père
aurait inventé le premier vibromasseur
en enfermant des abeilles
dans un cornet de papyrus
mais bien sûr rien de tout cela
n'était dit dans *Astérix*
alors on en parlait parfois à la récré
entre copines
tandis que les mecs étaient occupés
à chercher le secret de la potion
qui leur donnerait une force surhumaine.

J'ai acheté mon premier gode
après une rupture
j'étais encore amoureuse
j'avais bien essayé
de coucher avec quelqu'un d'autre
pour me rassurer
peut-être, me dire
que je plaisais encore
mais ça ne l'avait pas fait
alors j'avais dit STOP
et le type voulait au moins
que je le suce pour qu'il finisse
mais j'avais dit NON

car les hommes commençaient sérieusement
à me taper sur le système
j'avais acheté mon premier gode
et lui aussi n'était qu'un phallus
parmi tant d'autres
un petit phare cachant la baie
de trop de naufrages
quand mon plaisir depuis longtemps
était tourné vers l'horizon.

Plus tard un autre amant

se prenant pour un chantre de la sodomie

m'offrit un gode pour les fesses

en guise d'invitation

à assouvir son désir

de domination

mais comme je n'aimais pas

qu'on me force la main

ni quoi que ce soit d'autre

je lui avais proposé

un gode-ceinture en échange

nous en étions restés là.

Je ne disais jamais
que je me masturbais
je le disais parfois
à mes plans cul
en passant
pour se chauffer par sextos
mais au fond j'avais honte
d'en parler
de vraiment m'autoriser
à me servir d'un sex toy
comme on se sert d'une brosse à dents
deux à trois fois par jour
jusqu'à l'achat de mon premier Womanizer
jusqu'à ce qu'il faut bien appeler :

la révélation.

Un jour elle m'avoua :

c'est vraiment une addiction
le Womanizer
je peux passer des journées entières
à m'en servir
pour enchaîner les orgasmes
les uns derrière les autres

je ne peux plus m'en passer
parfois je ne pense qu'à ça

comme un jeu
jouir est devenu
si ludique

jouir est devenu
si facile.

C’est une amie qui m’avait parlé
du Womanizer
qui m’avait aidée
à franchir le pas
qui ne pouvait plus s’en passer
elle non plus

et maintenant j’en parle
à tout le monde
au travail
dans les cafés
à Leroy Merlin
au Marché de la Poésie
à tout le monde sauf
peut-être à ma mère

un jour viendra
qui sait
car les mères aussi
sans doute
se masturbent

mais ça non plus
on n’en parle pas
sauf avec lui.

Lui

c’est mon mec
il est encore loin d’être parfait
mais il est super
on parle de sexe librement
ce n’est pas du luxe
c’est même une chance inouïe
pour maintenir à distance
nos névroses de genre.

J'ai grandi dans une famille
où la plupart des femmes
étaient ou sont encore
des bonnes à tout faire
où ma mère souffre peut-être
de n'être plus désirée
à sa juste valeur

j'ai grandi dans une ville
où les femmes se font toujours
emmerder dans la rue
pour un oui ou pour un non
où boire un verre dans un bar
c'est parfois courir le risque
de se prendre une main au cul
où croiser un regard
peut conduire à l'insulte

j'ai grandi avec cette idée
largement transmise par l'école
que la sexualité
c'est d'abord le pénis
que c'est toujours aux femmes
de travailler à l'accueil
des membres ridicules
de ce club si privé
de la junte masculine

j'ai grandi avec cette idée
que j'étais une salope
dès lors que je baisais
avec qui bon me semble

qu'attraper un sex toy
du lubrifiant ou simplement
me servir de mes doigts
ce serait vexer
ces messieurs les poètes
dont l'usage de la langue
laisse pourtant trop souvent
à désirer.

Je me souviens qu’un jour
ma mère a trouvé une revue porno
dans le tiroir de ma table de nuit
et ça l’a rendue furieuse
d’imaginer que son fils
puisse se masturber
devant des « choses pareilles »
que ce n’était pas comme ça
qu’on apprenait à faire l’amour
en regardant des femmes
s’enfoncer des cierges énormes
dans le vagin et dans l’anus.

Comme beaucoup de femmes
de sa génération
ma mère n'avait pas lu
le rapport Shere Hite
qui informait l'humanité
en 1976
que 70 % des femmes
ne jouissaient pas pendant le coït
soulignant l'importance
de la stimulation clitoridienne
la valeur inestimable
pour la santé publique
de la masturbation.

Curieusement la même année
Michel Foucault publiait le premier tome
de son *Histoire de la sexualité*
où il était question des noces subtiles
entre le savoir et le pouvoir
d'un savant mariage qui permettrait
de libérer nos paroles
pour mieux dompter nos corps.

Une certaine science de l'homme
continua pourtant de cracher
ses vérités hétéronormées
au visage de toutes celles
qu'on obligeait à fermer les yeux
façon Jacquie et Michel
la bouche bien ouverte
pour ne pas dire un mot.

Et puis aussi cette évidence
que la masturbation
c'est déjà faire l'amour

que les « préliminaires »
n'ont jamais existé
que pour enfoncer le clou
de la domination masculine.

Je me souviens qu'à l'époque
il n'y avait pas Internet

il y avait seulement
les stylos dix couleurs
qui pouvaient faire l'affaire
entre copines
dans les vestiaires du gymnase

le voyage scolaire
en Angleterre
durant lequel on avait organisé
en veillée coupable
le concours de celle
qui jouirait la première

il y avait *Radio Libre*
l'émission de Difool sur Skyrock
de 21 heures à minuit
où ça parlait de cul
et ça m'excitait parfois
jusque tard dans la nuit
la main dans ma culotte.

La fréquentation des hommes
mit toutefois un frein
à la masturbation
puisque désormais
tout viendrait de l'extérieur

puisque désormais
faire bonne figure
c'était se phallorecentrer

se contenter d'un arbre
quand mon sexe abritait
une forêt entière
encore inexplorée.

Je n'ai jamais vraiment parlé
de la masturbation ouvertement
je veux dire avec d'autres hommes
les hommes n'abordent pas souvent ces sujets
sinon parfois sous forme de blagues
le plus souvent graveleuses et sexistes
le genre de blagues qu'on dit en passant un verre à la main
un soir d'été
en retournant des saucisses sur un barbecue
tandis que les femmes parlent dans un coin
des derniers potins du boulot
ce genre de scène que rien ne vient jamais troubler
à laquelle tout le monde assiste un jour
et qui vous fout un cafard monstre.

Il y avait bien eu une soirée pourtant

je m'en souviens maintenant

une soirée à refaire le monde

durant laquelle un jeune homme

étudiant en anthropologie

avait abordé le sujet

en nous racontant qu'il avait tenté

de se masturber

par la seule force de sa pensée

en imaginant des trucs

(dont nous n'avons rien su)

et qu'il avait réussi

à se faire jouir

tel un manchot sur la banquise.

Une fois j'ai surpris mon père
la main dans le slip
devant la télé
le film érotique du dimanche soir

une fois j'ai surpris ma mère
entremêlée dans sa chambre
avec un homme
un mercredi après-midi
en plein *Club Dorothée*

j'étais encore un enfant
et j'allais bientôt m'y frotter
moi aussi
à mon coin de matelas
en pensant à ma prof
de français.

Paraît qu'il existe un pays
où les sex toys sont remboursés
par la Sécurité sociale

paraît qu'il existe un pays
où le lubrifiant a remplacé
le gel hydroalcoolique
à l'entrée des magasins

paraît qu'il existe un pays
où la masturbation
rend les gens
de bien meilleure humeur

oui
et tu sais quoi
lui ai-je confié la première nuit

ce pays
c'est cette belle chatte que tu vois là.

Quand je me masturbe
en faisant ronronner
mon Womanizer
comme un petit tigre câlin
je n'ai pas à me demander
ce que d'aucuns pensent de moi
je n'ai plus de rôle à tenir
devant quiconque
ni à me sentir obligée
de négocier mon contrat de genre
pour un oui ou pour un non
alors je veux bien parler
de consentement.

Une amie m'avait dit

qu'elle n'aimait pas ça
les sex toys
que ce n'était pas « naturel »
qu'elle ne comprenait pas pourquoi
les femmes en avaient besoin
que c'était bien triste
qu'elles ne soient pas capables
de se contenter de leurs hommes
pour prendre du plaisir
pour atteindre l'orgasme
que l'amour dans tout ça
courrait à sa perte

que bla bla bla

que bla bla bla

queue bla bla bla.

Et ce constat
en surfant sur Internet
qu'il est plus facile
d'accéder à YouPorn
qu'à la dernière vidéo YouTube
de Clemity Jane
vantant les mérites
du nouveau Womanizer Eco.

Peu avant notre rencontre
j'avais fait une story sur Insta
un play-back façon Britney
dans le clip de *Toxic*
mon Womanizer
en guise de téléphone :

Baby can't you see I'm calling ?

un appel pour dire
quelque chose comme

franchement les gars
vous êtes tellement loin du compte.

Moi aussi je suis un gars
moi aussi je suis loin du compte
parfois
moi aussi
comme tant d'autres
je suis né l'année du Chien
la honte entre les jambes
à ronger mon sex toy
jusqu'à l'os
pour me faire les dents
sur fond de paresses millénaires
et de domination

moi aussi je dois
me sortir aujourd'hui
les doigts du cul
en commençant par remuer
ma propre merde à l'intérieur
et tout ce qui me traverse
de fond en comble depuis des siècles

moi aussi

me too.

Dans le cercle ce matin-là

le bâton de parole circule de façon égalitaire

on parle de la masturbation sans tabous

mais le bâton reste un bâton

un emblème phallique par excellence

dans certaines langues comme le brésilien

le mot pour bâton, *pau*

peut tout aussi bien désigner

le sexe de l'homme

alors une amie féministe a suggéré

qu'on remplace le bâton

par des lunettes

des lunettes de parole pour un nouveau regard.

Et puis ce livre de Lou Sarabadzic
Éloge poétique du lubrifiant
dans lequel une petite-fille
offre un sex toy à sa grand-mère
qui n'a jamais eu d'orgasme
stimulant par là même
l'imagination des possibles.

Et puis ce livre de Lisette Lombé
Venus Poetica
dans lequel une petite fille
fait glisser sur son clitoris
qu'elle ne sait pas encore nommer comme tel
le museau dur de son nounours
l'air de rien.

D’accord
le point G
on s’était dit
pour Gräfenberg
mais que faire alors
des 25 autres lettres
de l’alphabet
sans même parler
des autres langues ?

J'avais toujours préféré
les cadeaux utiles
aux surprises
je suis bricoleuse
c'était mon anniversaire
et il avait d'abord pensé
à un bon d'achat
Leroy Merlin
avant de tomber sur une offre
chez Sophie Libertine
pour un Womanizer Duo
sans doute moins bruyant
pour autant de plaisir
qu'une scie à onglet.

Puis ce fut l'été
nous sommes partis à la plage
quand sur l'autoroute elle m'a dit
tout en conduisant
déjà prête à faire demi-tour :

on a oublié LE truc
LE-PLUS-IMPORTANT
LE WOMANIZEEEEEEEEEEEER.

Puis finalement la plage déserte
le sable chaud
la crème solaire
les mains déjà
annonciatrices
d'un flagrant délit
entre nos sexes
les dés jetés au même moment
et ce n'était pas
pour jouer au Yams.

Une fois il y a eu
un peu de merde
au bout du gode
nous ne savions pas
à qui elle appartenait
nous avons lancé
un avis de recherche
et avons ri
dans la presque obscurité
en poursuivant notre enquête
cul par-dessus tête.

Oui parfois c'est sale
aussi
le sexe
la masturbation
parfois ce n'est pas toujours
beau à voir
et la poésie n'y peut rien
la poésie
toujours trop propre
faute de se mouiller
peut-être
en caressant trop
la vie dans le sens du poil.

La toute première fois
que je ressens du plaisir sexuel
que je me masturbe sans le savoir
je n'utilise pas mes mains
je ne sais pas encore
ce qu'est la masturbation
je suis en vacances avec mon père
et l'une de mes sœurs
je suis dans une grande tente
dans un camping à Mimizan
des copains que je me suis faits
m'appellent TGV
parce que je cours très vite
je suis seul dans la tente
et je me frotte
à plat ventre
sur mon sac de couchage
je ne sais plus mon âge
je sais que c'est très jeune
que c'est avant la production de sperme
il n'y a pas d'éjaculation
il y a seulement le plaisir qui monte
et se répand
dans tout mon corps.

Une autre question :

puisqu'il est admis
que la plupart des animaux
se masturbent allégrement
parfois même avec
une imagination débordante
doit-on dire alors
qu'eux aussi
sont des êtres
« contre-nature »

et

dans ce cas
la nature ne serait-elle pas
au fond
une forme
de « contre-culture » ?

Parmi les bienfaits
de la masturbation
on apprend aussi
sur les réseaux sociaux
qu'elle serait un moyen
assez efficace
de lutter contre les douleurs menstruelles
(d'après une récente étude
vérifiable à la maison
et partout ailleurs au besoin)

il paraîtrait même
que la masturbation
serait l'une des rares activités
de pleine conscience

c'est peut-être pourquoi
Rupi Kaur affirme :

masturbation
is meditation.

Pour elle
il y avait eu Brian Torres
du boys band Alliage
il y avait eu Nathan Moore
des Worlds Apart
il y avait eu les garçons plus vieux
dans les autres classes à l'école
il y avait eu les calendriers
chipés dans le camion
de son père routier
et toutes ces femmes nues
qui donnaient le ton

pour lui
il y avait eu Demi Moore
dans *Ghost*
il y avait eu Eva Herzigová
et ses pubs pour Wonderbra
il y avait eu des exemplaires
de *L'Écho des savanes*
qu'on lisait sous le lit
lampe à la main
pour faire sortir le génie.

Une fois elle m'a dit :

je ne sais pas branler

alors j'ai proposé

un échange d'expériences

pour que nous fermions les yeux

sur nos propres limites

en déshabillant la honte

de n'être pas toujours

pour ne pas dire jamais

des Avengers du sexe.

C'est ainsi qu'entre nous
le Womanizer est devenu
une évidence pour faire l'amour
bien plus facile à entretenir
avec un peu d'eau fraîche
que toutes les promesses
terrorisantes et mensongères
du romantisme phallocentrique
de la plupart des contes de fées.

C’est quelque chose comme une oreille

une sorte de version réduite du vaisseau des heptapodes

dans le film *Premier Contact* de Denis Villeneuve

une oreille pour dire

l’importance d’être collectivement

à l’écoute

ce n’est pas seulement sexuel

le plaisir

peut être une chambre à soi

peut être une chambre à nous

pour écrire des poèmes

un sex toy à la main

le cul sur la commode

façon Jeanne Aubert

des poèmes qui commenceraient

par des caresses

et finiraient

par des orgasmes

ou par des rires

ou même par quelque chose

comme une tendresse nouvelle

des poèmes qui auraient enfin le droit

à leurs salons de massage

eux aussi

qui auraient pour titre :

HAPPY END.

DU MÊME AUTEUR

Essais

CAFÉ DES RÉFORMANCES
avec Afshin Ghaffarian – Cie des Réformances – 2013

PIPPO DELBONO, LE THÉÂTRE AU TEMPS DES ASSASSINS
L'Amandier – 2014

PORTRAIT D'UN DANSEUR EN EXIL
L'Harmattan – 2017

Poésie

LES MOTS ROUGES
Fédérop – 2016

Couverture et conception graphique : Quintin Leeds
Révision : Agnès Aubry et Anaïs Pournin
Photogravure : Point 11

L'Iconoclaste
26, rue Jacob, 75006 Paris
Tél. : 01 42 17 47 80
iconoclaste@editions-iconoclaste.fr
www.editions-iconoclaste.fr

Achevé d'imprimer sur les presses de l'imprimerie Corlet
à Condé-en-Normandie (Calvados) en juin 2022.

ISSN : 2779-9050
ISBN : 978-2-37880-302-5
N° d'impression : 22030721
Dépôt légal : Septembre 2022

DANS LA MÊME COLLECTION

LA FAIM DE LEUR MONDE
Akhenaton

LE PRÉSENT IMPOSSIBLE
Dominique Ané

LA JOIE ET LE RESTE
Baptiste Beaulieu

DÉCOMPOSÉE
Clémentine Beauvais

MAISON TANIÈRE
Pauline Delabroy-Allard

NUITS SILENCIEUSES
Till Lindemann (traduit par Emma Wolff)

BRÛLER, BRÛLER, BRÛLER
Lisette Lombé

LE DÉRÈGLEMENT JOYEUX DE LA MÉTRIQUE AMOUREUSE
Mathias Malzieu & Daria Nelson

PLUS DE LIKES QUE D'AMOUR
Dorian Masson

JE SUIS UN GÉNIE
Susie Morgenstern

J'ENVISAGE L'IMPOSSIBLE
Arthur Navellou

EN ARMES !
Sylvain Pattieu

DES FRELONS DANS LE CŒUR
Suzanne Rault-Balet

l'Iconopop

Des textes brefs, intimes
et percutants
Des formes libres et variées
Cris de colère, récits ou poésies

Une littérature d'aujourd'hui
crue et sans tabous

À lire, à dire
À écouter
À vivre sur scène

Une collection dirigée
par Cécile Coulon
et Alexandre Bord